再次獻給 Will 和 Justin

繪本 0173

只有一頂帽子

文・圖｜雍・卡拉森（Jon Klassen）
譯者｜李貞慧

責任編輯｜余佩雯
美術設計｜蕭雅慧
行銷企劃｜高嘉吟

天下雜誌群創辦人｜殷允芃
董事長兼執行長｜何琦瑜
兒童產品事業群
副總經理｜林彥傑
總監｜黃雅妮
版權專員｜何晨瑋、黃微真

出版者｜親子天下股份有限公司
地址｜台北市 104 建國北路一段 96 號 4 樓
電話｜（02）2509-2800 傳真｜（02）2509-2462
網址｜ www.parenting.com.tw
讀者服務專線｜（02）2662-0332 傳真｜（02）2662-6048
客服信箱｜ bill@cw.com.tw 週一～週五：09:00~17:30
法律顧問｜台英國際商務法律事務所・羅明通律師
總經銷｜大和圖書有限公司 電話：（02）8990-2588

出版日期｜ 2016 年 10 月第一版第一次印行
　　　　　2022 年 1 月第一版第二次印行
定價｜ 320 元
書號｜ BKKP0173P
ISBN｜ 978-986-93179-1-7（精裝）

訂購服務
天下雜誌網路書店｜ www.cwbook.com.tw
親子天下網站｜ www.parenting.com.tw
書香花園｜台北市建國北路二段 6 巷 11 號 電話｜（02）2506-1635
劃撥帳號｜ 50331356 親子天下股份有限公司

立即購買 >

發現一頂帽子

文、圖 **雍・卡拉森**
Jon Klassen

譯 李貞慧

第一幕

發現帽子

我們發現一頂帽子。

是我們一起發現的。

不㄂過ㄍ帽ㄇ子ㄗ只ㄜ有ㄐ一一頂ㄍ。

可ㄎㄜˇ是ㄕˋ我ㄨㄛˇ們ㄇㄣˊ有ㄧㄡˇ兩ㄌㄧㄤˇ個ㄍㄜˋ。

我ㄨㄛˇ戴ㄉㄞˋ起ㄑㄧˇ來ㄌㄞˊ好ㄏㄠˇ看ㄎㄢˋ嗎ㄇㄚˊ？

你ㄋㄧˇ戴ㄉㄞˋ起ㄑㄧˇ來ㄌㄞˊ好ㄏㄠˇ看ㄎㄢˋ。

我ㄨㄛˇ戴ㄉㄞˋ起ㄑㄧˇ來ㄌㄞˊ好ㄏㄠˇ看ㄎㄢˋ嗎ㄇㄚ？

你ㄋㄧˇ戴ㄉㄞˋ起ㄑㄧˇ來ㄌㄞˊ也ㄧㄝˇ好ㄏㄠˇ看ㄎㄢˋ。

我們兩個戴這頂帽子
都很好看。

可是如果我們兩個
只有一個戴帽子，
另外一個卻沒有，
這樣不太好。

現在我們只能這麼做，
我們得把帽子留在這裡，
然後忘記我們發現它。

第二幕

看著夕陽

我ㄨㄛˇ們ㄇㄣ˙看ㄎㄢˋ著ㄓㄜ˙夕ㄒㄧˋ陽ㄧㄤˊ。

我ㄨㄛˇ們ㄇㄣ˙看ㄎㄢˋ著ㄓㄜ˙夕ㄒㄧˋ陽ㄧㄤˊ。

我ㄨㄛˇ們ㄇㄣ˙ 一ㄧˋ起ㄑㄧˇ看ㄎㄢˋ著ㄓㄜˋ 夕ㄒㄧ陽ㄧㄤˊ。

你ㄋㄧˇ在ㄗㄞˋ想ㄒㄧㄤˇ什ㄕㄣˊ麼ㄇㄜ˙呢ㄋㄜ˙？

你ㄋㄧˇ在ㄗㄞˋ想ㄒㄧㄤˇ什ㄕㄣˊ麼ㄇㄜ˙呢ㄋㄜ˙？

我ㄨㄛˇ在ㄗㄞˋ想ㄒㄧㄤˇ夕ㄒㄧ陽ㄧㄤˊ。

那(ㄋㄚˋ)你(ㄋㄧˇ)在(ㄗㄞˋ)想(ㄒㄧㄤˇ)什(ㄕㄣˊ)麼(ㄇㄜ˙)呢(ㄋㄜ˙)？

那(ㄋㄚˋ)你(ㄋㄧˇ)在(ㄗㄞˋ)想(ㄒㄧㄤˇ)什(ㄕㄣˊ)麼(ㄇㄜ˙)呢(ㄋㄜ˙)？

沒ㄇㄟˊ想ㄒㄧㄤˇ什ㄕㄣˊ麼ㄇㄜ。

第三幕

準備睡覺

我ㄨㄛˇ們ㄇㄣ˙要ㄧㄠˋ睡ㄕㄨㄟˋ覺ㄐㄧㄠˋ了ㄌㄜ˙。

我們要一起在這裡睡覺。

你ㄋㄧˇ快ㄎㄨㄞˋ睡ㄕㄨㄟˋ著ㄓㄠ了ㄌㄜ嗎ㄇㄚˊ？

我快睡著了。

你ㄋㄧˇ已ㄧˇ經ㄐㄧㄥ睡ㄕㄨㄟˋ著ㄓㄠˊ了ㄌㄜ嗎ㄇㄚ？

你ㄋㄧˇ已ㄧˇ經ㄐㄧㄥ睡ㄕㄨㄟˋ著ㄓㄠˊ了ㄌㄜ嗎ㄇㄚ？

我已經睡著了。
我正在作夢。

你ㄋㄧˇ夢ㄇㄥˋ見ㄐㄧㄢˋ什ㄕㄣˊ麼ㄇㄜ˙呢ㄋㄜ˙？

你ㄋㄧˇ夢ㄇㄥˋ見ㄐㄧㄢˋ什ㄕㄣˊ麼ㄇㄜ˙呢ㄋㄜ˙？

我ㄨㄛ告ㄍㄠ訴ㄙㄨ你ㄋㄧ我ㄨㄛ夢ㄇㄥ見ㄐㄧㄢ什ㄕ麼ㄇㄜ。

我ㄨㄛˇ夢ㄇㄥˋ見ㄐㄧㄢˋ我ㄨㄛˇ戴ㄉㄞˋ著ㄓㄜ一ㄧ頂ㄉㄧㄥˇ帽ㄇㄠˋ子ㄗ。

我ㄨㄛˇ戴ㄉㄞˋ起ㄑㄧˇ來ㄌㄞˊ很ㄏㄣˇ好ㄏㄠˇ看ㄎㄢˋ。

你ㄋㄧˇ也ㄧㄝˇ在ㄗㄞˋ我ㄨㄛˇ的ㄉㄜ夢ㄇㄥˋ裡ㄌㄧˇ。
你ㄋㄧˇ也ㄧㄝˇ戴ㄉㄞˋ著ㄓㄜ一ㄧ頂ㄉㄧㄥˇ帽ㄇㄠˋ子ㄗ。

你戴起來也很好看。

我ㄨㄛˇ們ㄇㄣˊ兩ㄌㄧㄤˇ個ㄍㄜˋ都ㄉㄡ有ㄧㄡˇ帽ㄇㄠˋ子ㄗ˙？